卡夫卡的诗与画
一切障碍都能摧毁我

[奥] 弗朗茨·卡夫卡 著

文泽尔 译

Mich brechen alle Hindernisse
Franz Kafka

北方联合出版传媒(集团)股份有限公司
万卷出版有限责任公司

目录

导读：诗人卡夫卡　*i*

Part 1
必须穿越荒野　*1*

Part 2
戴着地狱的面具　*19*

Part 3
你的内心如此寒冷　*69*

Part 4
只能像溺水者一样　*91*

Part 5
舞蹈和跳跃　*111*

卡夫卡生平大事件年表　*161*

导读

诗人卡夫卡

理解卡夫卡的尝试,本身就是一系列连绵不断的诗意表达,因为它注定是朦胧的、唯心的、原子化的。在越过了特定高度的门槛之后,我们见到的风景,很可能是一抹在不自觉间注入了我们自身意志的悬浮液,犹如或仔细、或粗糙地刷满巨大高墙的斑驳油漆。眯起眼来,似乎可以凭借这易干易朽的层层涂抹,窥见墙后的奥妙——我们常常误以为那是不以个体意志为转移的、原教旨式的"真",即不可动摇的、对卡夫卡创作的唯一正确的参悟,恰如我们对千百年来留存下来的大部分人类文本的经验判断。但很可惜，读卡夫卡越多，我们往往就越来越陷入一缕长久且隐晦的怀疑：正确即错误，理解等于不理解。考虑到卡夫卡反复对外呈现的犹太性，我们往往会奉上述怀疑为"真"，在某些理论中，这就等于是在理解卡夫卡的旅途中，又踏上了更高些的台阶，似乎也离"真"更近了。然而，事实真是如此吗？作为文学领域现代性的启门人，卡夫卡的作品反复给予我们一种铠甲重重、努力自保的印象，我们的理解尝试，就好比在剥开他思想的外壳，一层层下去，这些具体的努力叠加上去，最后看到的很可能是什么？以我们印象中的卡夫卡本人来代入我们自身，我们觉得他希望我们看到什么？主观答案呼之欲出：空的。缜密、细致的外部结构内部，没有具象化的参考物，没有任何可供拿捏把握的内核。这是个典型的、犹太箴言式的骗局，行骗的模式恰似意第绪语自身，箴言最深刻的体悟也几乎与之重合——请注意，以上正是我们开卷前必须恪守的第一法则,最基本的定义,第一道门槛。我们必须首先认可,卡夫卡的大部分文本都带有诗性。他单独撰写的、带有同时代或过去年代诗歌格式的文本是诗,他随手写下的箴言是诗,哪怕那些带有个人风格的戏仿——比方说,那句广为人知、全然消极的"一切障碍都能摧毁我"(Mich brechen alle Hindernisse),对应巴尔扎克刻在自己手杖上的"我摧毁一切障碍"(Ich breche alle Hindernisse),只添加一个字母 M,改"我"的主语为宾语,动词加一个字母 n,照顾新的复数主语。相比于巴尔扎克完全主动、摧枯拉朽之势不可阻挡的原始文句,这是毫无疑问的戏仿,过程与结果都拥有毫无疑问的犹太性,同时也毫无疑问是诗。这是本书得以成立的前提,我们也能在书中看到许多样例,例如:一只笼子在寻找一只鸟。——这又是另外一句广为人知的卡夫卡箴言,在本书中收录为篇 30,毫无疑问是诗。

卡夫卡偶尔会使用四音步扬抑格，而且显然精于此道，但更多时候的箴言或者诗节书写却并不拘泥于此。他的部分名篇带有德意志长诗的韵味，局部分拆出来也全是短诗，甚至本身就嵌入一些诗咏。最典型的例子或许是《骑桶人》，尤其是开篇部分，部分引用如下：

> 用尽了所有的煤；空置了装煤的桶；没用了的铲煤的锹；炉灶里呼出的全是寒意；房间里吹满了冷霜；窗外的树木被霜冻得僵硬；天空是一面银色的盾牌，对抗着妄图从它那里得到帮助的人。我必须有煤；我终究不能冻死；我身后是毫无同情心可言的炉灶，身前是同样无情的天空。因此我不得不夹在中间，急速骑行，赶去煤炭商人那里寻求帮助。

其中诗性，洞若观火。
认同（而非理解）这点之后，我们就正

式进入了诗人卡夫卡的领域。

作为本书译者,在我们共同面对已经中文化后的上百首卡夫卡诗歌时,可能还需要额外强调一点:阅读译诗的基本,在于抛弃成见,谨防对理解的垄断。为作印证,或可引用本书中收录的篇 87 后段:

"那里的人啊!
你们肯定不敢相信,
他们从来都不睡觉。"
"为什么不睡觉呢?"
"因为他们不会累。"
"为什么不会累呢?"
"因为他们是傻瓜。"
"傻瓜就不会累吗?"
"傻瓜怎么可能累!"

对话格式的诗歌,摘自卡夫卡文集《观察》的首篇《大马路上的小孩子》,完成于 1909 年冬。《大马路上的小孩子》与其说是短篇小说，倒不如认定为一页文学速写。主角以第一人称的孩子形象登场，内容以地点的变化为引线，从自家花园的秋千，到吃晚饭的临街房间，再到一路奔跑，再到桥上观火车，最后道别，前往陌生小镇，过渡十分自然。上面引用的篇87，对应到速写中，乃是专为收尾使用的童谣，这一童话体例恰好符合主角的孩子身份。从中文化的文本来看，这样的结尾毫无疑问是诗，即以诗歌来为小说或文学速写收尾，当然并非罕见的手法。然而，不只诗歌是速写的砖瓦，就连《大马路上的小孩子》全篇，也被卡夫卡拿来作为未完成中篇《一场斗争的描述》的砖瓦。读过《一场斗争的描述》就会发现，篇87的诗歌在单另成篇时、在充当《大马路上的小孩子》的结尾时、在作为《一场斗争的描述》的构件时，所带来的阅读感受是存在着明显差异的。哪怕文字内容完全一致，以较为极端的观点来看，已经可以判定为三首不同的诗了。这就好比将同一枚核桃放在纯白背景的虚空中，放在虚空的瓷碗中，以及连瓷碗一道放在秋季荒原中的观感差别，很容易理解。笔者试举此例，无非是要向读者们说明，读卡夫卡诗时恐怕首先要放弃"读懂"的打算，放弃认为德语诗歌中文化后存在"隔阂"或者干脆认为"诗歌不可译"的执念。诚然，其他许多诗歌当中，有些恐怕的确因为巴别塔的崩毁而含冤，虽译文极美，却与原诗毫无瓜葛的情况亦不在少数。但是，读卡夫卡诗，其感受却好比低头俯视清溪流水之下沉底的宝石，无论译、读、思、忆，都只能看见不停变化的流形。谁都能断定那并非"真"，谁试图捞起宝石，也必将一无所获。但或许我们在观察宝石的流形时，已经通过对"真"的释怀，切实感受到了"真"。若是如此，本书的译介与出版，即有其微小却实在的意义。

文泽尔

Part 1
必须穿越荒野

1

有来

就有去

有别离

却经常没法——重聚。

2

今天这日子是寒冷又难熬。
云冻住了。
狂风犹如生拉硬拽的缰绳
人也像是冻住了。
脚步踏在石板地上
发出金属碰撞般的声响。
举目远眺
茫茫白色湖泊。

3

众人,行过晦暗的桥梁
行过圣者的立像
行过它们所持的暗淡灯盏。

云朵,行过灰色的天空
行过那座教堂
行过它若隐若现的塔楼。

有一个人,
他啊,倚靠在方石砌成的护栏上
朝着桥下傍晚的水面张望,
古老的石面支撑了他的双手。

4

在那老城区里搭起
圣诞集市小屋,灯火通明,
自那缤纷彩窗望出去
是白雪覆盖的小广场。
月光倾泻,有一位先生
在雪地上悄无声息地前行,
风,将他巨大的身影
一下子刮到了小屋顶上。

5

我之存在的印象

一根无用的杆子,
上面覆盖着雪与霜,
斜斜钻入地表
略微有些深度
在一大片
翻腾搅和的旷野里
某处广袤平原的边缘
某个漆黑一片的冬夜。

6

荒芜的田野，
贫瘠的土地，
迷雾的后方
月亮正发出
惨淡的绿光。
翻个身，但却
始终不曾醒来。

7

每晚皆是如此
入夜后,当我
从塔中出来时,
提灯光芒照耀下
黏稠、混浊的水
在我体表之上
流动得多么缓慢。

仿佛某人此刻
正睡在我身上

紧跟提灯光芒,
他偶尔会在那
光下伸伸懒腰,
翻个身,但却
始终不曾醒来。

8

反反,复复,
放逐,远方。
群山,沙漠,
无垠的土地
都必须徒步
跋涉,穿过。

9

永不,永不
一旦你回到城市,
大钟
就永不在你头顶上方响起。

10

一个看不真切的身形
此刻穿过大街,
身上雨衣扬起
有一条腿,
一顶扁帽的前檐
有飘忽不定的雨水
忽而自这里流向那里。

11

一场斗争的描述

无比广阔的天空
自遥远处的小山
向更远之处伸展
散步者衣裙摆动
石子路上的蹒跚

12

令你烦忧的是谁?
牵动你心弦的是谁?
触碰你门上把手的是谁?
自大街上呼唤你,
但却始终没有踏入这道敞开大门的
又是谁?

哎呀呀,你也令对方烦忧,
你也正在拉扯对方心弦,
你也曾触碰对方的门,
你也曾自大街上呼唤对方
对方也有一道敞开的大门
你同样不打算踏入。

13

在床上，
稍微弓起膝盖，
躺在被褥的褶皱里，
如同
伫立于公共建筑
外围巨型阶梯一侧的
石像般静止不动，
僵硬的同时保持了鲜活。
石像周围
人们来来往往，
纵使近在咫尺
仍在无限遥远之处，
存在着
他们几乎无法理解的关系。

14

森林在月光下呼吸,
忽而朝内收缩,
变小,
变挤,
树木聚集,高高耸起;
忽而朝外蔓延,
所有隆起都扯平,
像是低矮的灌木丛——
恐怕还要不起眼些,
像是某种朦胧、缥缈的幻象。

Part 2

戴着地狱的面具

15

斜阳夕照
我们躬身屈背
坐在露天长椅上
四周绿意盎然。
我们双臂垂下
我们的目光,
闪动着悲伤。

路人来来往往
走在铺满碎石的小路上
衣衫随风摇曳。
我们同在这
自远山一路延伸至
无穷远方的
浩渺苍穹下。

16

圆木

我们恐怕
跟雪中的圆木很像。
乍看起来光滑圆溜,
似乎轻而易举
就能将它们推走。

不,这是办不到的
因为它们其实牢牢
附着在大地上。
可是,瞧啊
甚至连这都只是表象。

17

由于肉体
已精疲力竭
我们只好
鼓起新的力量
继续攀登

暗处的先生们
正在耐心等待
等这些孩子们
失去力量

18

虚无,虚无,虚无。
弱点尽显,
自我毁灭,
地狱火焰的尖端
已然穿透了地面。

19

在这套齿轮装置内部

有一只小铁钩错了位,
错误被匿藏在隐秘处,
短时间内,无从分辨
与此同时,整套装置
已正式开始运转起来。

受到某种难以描述的
力量影响,诚如时钟

似乎受到时间影响而走动一般，装置逐渐崩解，处处吱嘎作响，所有链条都选择罢工，一根接一根地逆动着放下本该拉起的物什。

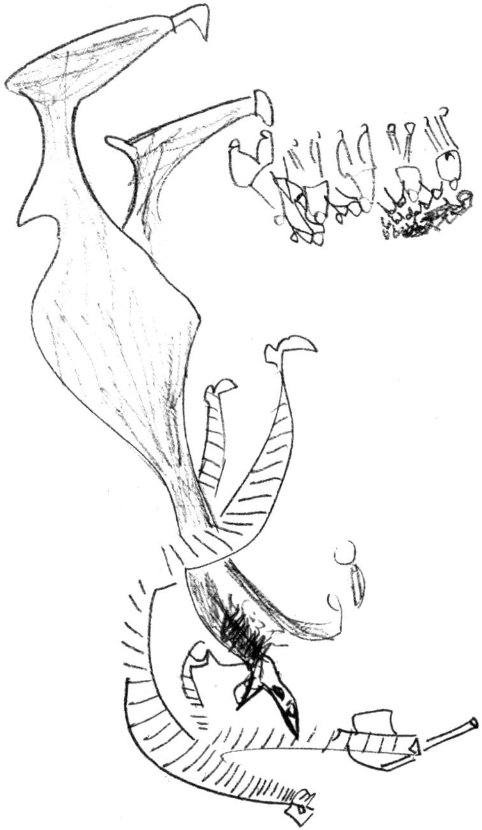

20

青春无意义。
对青春恐惧,
对无意义恐惧,
对非人生活
毫无意义地到来
感到恐惧。

21

忘记一切。
打开窗户。
清空房间。
风吹过房间,
眼里看到的是空空如也。
找遍房间的每一个角落
也找不到自己。

22

黑人们
自灌木丛间鱼贯而出。
围绕着那根
用银链缠绕的
巨大木钉
忘我狂舞。

牧师端坐一侧
手持细棍一根
举至锣鼓上方。
天空
虽多云
但无雨且静谧。

23

为他除衣,他便能医,
若他不医,致他死地!
不过是一名医生罢了,
不过是一名医生罢了。

24

发梦,哭泣
可怜的族群
找不到出路,
一败涂地
嗟乎!
你的问候若在傍晚
嗟乎!
倘在清晨又该如何?

除了自深渊巨手中
挣脱
此生我再无他求。

深渊不断蔓延

摄取我的心智

令我头晕目眩。

重重摔倒下去

终落巨手掌心。

25

你们现在开心了吧,

你们这些病人哪,

医生已经让你们卧床休息了!

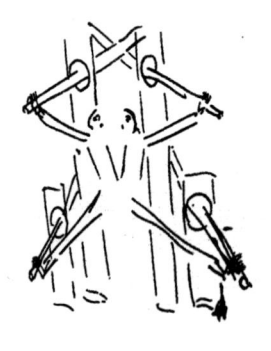

26

哎呀呀,他们身穿地狱的纱衣,佩戴魔鬼的面纱,他们的肉体,紧紧贴合在一起。

27

伤口的痛楚取决于
伤口的年龄,而非
其深度及发展状况。

同一道伤口的内部
一次又一次被扯开。
不知多少旧痛复发
又见到你接受治疗,
这可真是糟糕透顶。

28

不停歇的袭击,
不间断的恐惧。
鼠辈,撕咬我
我越是看得勤,
其数量就越多。

29

恰似笼中小小松鼠。
既有可活动的幸福，
又有受禁锢的痛苦，
直面笼外平静安详，
长久忍耐已快发狂，
绝望心情无从挣脱。
上述所有
无论同时经受，
还是此起彼伏，
终究还是死得凄楚。

30

一只

笼子

在

寻找一只鸟。

31

善人们总是
迈出整齐划一的步伐。
其他人则围绕身边
在他们全然不知情的情况下
跳着
时间之舞。

32

院子里的猎犬
尚在嬉戏，
但猎物
却始终无处可逃。
猎犬的追逐
其实早已在林地里
拉开了序幕。

33

人类发展进程——
死亡力量的
强劲疯长。

34

帮帮我!
你自救吧。

你背弃我了?
对。

我对你做什么了?

35

你这只乌鸦，我开口道，
你这只带来噩运的老乌鸦，
你在做什么呀？
为什么一直挡在我的路上？
无论我走到哪里，你都会坐下来
竖起身上羽毛。
真烦人！

是啊，他回应道，
并且还低下头去，
像一位老师似的
在我面前踱来晃去
似乎快要开始上课。

就是这氛围,几乎
令我感到别扭难受。
我又何苦问这一嘴。

36

邪魔是会制造惊喜的。
它突然转身,开口道:
"你可真是误会我了。"
或许情况真如它所说。

邪魔施展妖法,变成
你的嘴唇,再让你用
嘴里牙齿将它啃下来
于是,你用新的嘴唇
——

以前的嘴唇不复存在
牙齿如今反而更听话
——

伶牙俐齿地讲起话来

连你自己都讶异不已。

37

围绕在你身边的邪魔
呈半圆形,就跟眉毛
围绕眼睛的情形类似
从高处懒散地垂下来。

每当你睡觉时,邪魔
就要开始负责监视你,
不允许你有任何进步。

38

以下才是最重要的,
一柄利剑直刺过来
刺进你的灵魂内部:
保持冷静仔细观察,
其实完全没有流血,
利剑的寒冷挟带着
石头的冰冷,刺入。
要借助刺入的力量,
一旦刺入灵魂之后
就会变得刀枪不入。

39

置身于躯体之外,
你成了一个愚人
对一切充耳不闻,
慌不择路地逃窜,
却发现无路可逃。
而我,却从内部
整个躯体的血液
循环当中,摄取
人类生命的力量,
一切能够获取的
力量统统属于我。

40

月夜星光闪耀,令我们目眩神迷。
群鸟鸣唱,从一棵树飞到另一棵。
田野传来窸窣声。我们在泥地上
爬行,我们是孪蛇一对。

41

这是挖下去的第一锹,
这是挖下去的第一锹,
泥块遍布周遭,就在
我的脚下粉碎成细渣。
某处传来了一声铃响,
某处有一扇门在摇晃,
……

42

强光,猛地照彻下来
撕裂四散溃逃的织物,
仅余存一方巨大网罩,
转眼被火焰灼烧殆尽。
在其下方,大地先是
抽搐了一阵,而后又
静止不动,就像一群
打猎时被俘获的动物。
其中一只已经绑好了,
另一只正朝这边张望,
第三只早已逃之夭夭。

43

每个意图之下
都潜伏着疾病,
疾病就跟躲在
树叶底下一样。

假如你弯下腰去看它,
一旦觉得自己被发现,
它就会猛一下跳出来,
这匮乏且沉默的恶意
期待受你滋养而茁壮,
并不打算被压得粉碎。

44

有的只是一个目标,
抵达途径是没有的。
我们称为途径的——
只是犹豫不决而已。

45

一项精妙的任务,
踮起双脚走在那
充作桥梁使用的
一道脆弱横梁上,
脚底下空无一物,
起步前需先试探
落脚处务必踩实。
这横梁细若游丝
行走时仿佛是由
自身倒影来支撑,
就好比行于水上
低头见到的影子,

就仿佛,用你的
双脚支撑全世界,
双手抽搐着握紧,
不为别的,只为
维持当下的努力。

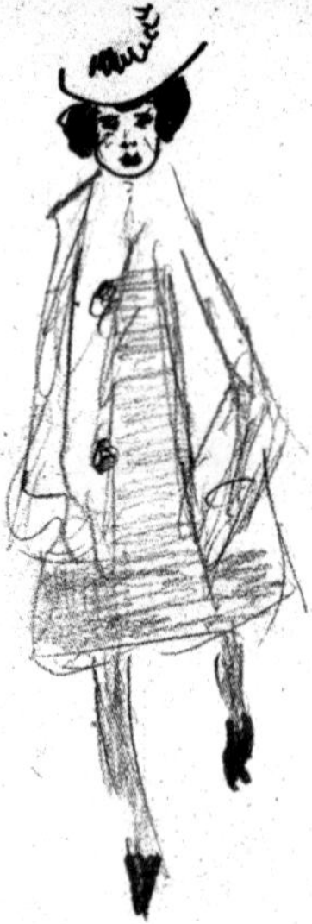

46

一个转机。

潜伏着,焦虑着,祈盼着,
问题在答案附近悄然现身,
却在难于接近的真相背后
拼命搜寻,一路追随真相
直到某个最无意义的地方
(那地方名为——尽可能
远离答案之地)。
再来等待转机。

47

梦想已经到来。
梦想顺流而下,
沿着梯子攀爬
上了码头的墙。
大家保持站立,
正跟梦想交谈,
梦想知道很多,
唯独不知道的
就是它们自己
究竟从何而来。

这个秋日夜晚
气候相当温和。

梦想转向河边,
并且高举双臂。
为何你们情愿
高高举起双臂,
却不愿将我们
紧紧搂在怀里?

der Wand! Aber was für ein Boden, was für
eine Wand! Und doch fiel jene Leiter nicht,
so drückten sie mein Füße an den Boden,
so hoben sie meine Füße an die Wand.

48

唯有让墙上的虱子
真正理解你的意思,
才有可能获得成功。
一旦让它们想明白
自己为什么而忙碌,
你就一举消灭掉了
虱子们的整个族群。

49

"你啊,从来都没有在
这口井的深处打过水。"
"你说的是什么样的水?
又是什么样的一口井?"
"现在到底是谁问谁?"
静默无声
"什么样的静默无声?"

50

他将自己的脑袋
朝着一侧拗过去,
如此一来就对外
暴露出颈部侧面
非常显眼的伤口。
血与肉正在燃烧,
核心位置沸腾着,
那是被一道闪电
击中过后造成的,
目前仍在加深中。

51

死亡,必须将他
从生活之中拽离,
恰如将一个瘸子
从轮椅车上抬起。
在以往的生活中
他过得如此顽固,
如此沉重,恰如
坐轮椅车的瘸子。

52

爱是,
你待我的方式
你对我而言
是一柄刀
我拿它
在自己心中翻搅。

53

多么美妙啊,
难道不是吗?
丁香花——
死时狂饮酒,
至死方休。[1]

---

[1] 德奥人常用丁香花酿酒,故有此说。

Part 3

你的内心如此寒冷

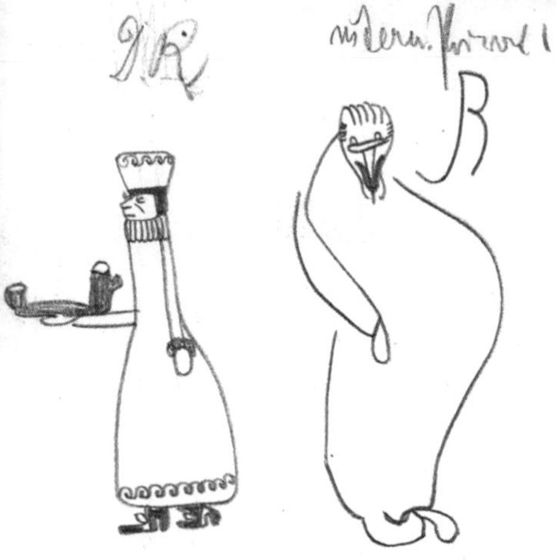

54

可是现在——我恳求你们——
这山、这花、这草,还有灌木与河流,
给我一点空间吧,让我可以呼吸。

55

非愚[1],乃是从
门槛位置开始,
腾挪到入口一侧
先是如乞食者般站立,
样子逐渐垮掉,
最终颓然倒地。

---

[1] 此处原文为 Nicht-Narrheit,对应了《愚蠢颂》
(*Das Lob der Torheit*)中相关故事。

56

逃离了他们的包围。
雾气弥漫在他身边。
一处圆形的林中地。
凤凰鸟藏身灌木间。
在看不见的脸颊上
不停画着十字的手。
凉爽的雨水下不停,
一曲骊歌百转千回,
犹似胸腔
呼一口长气。

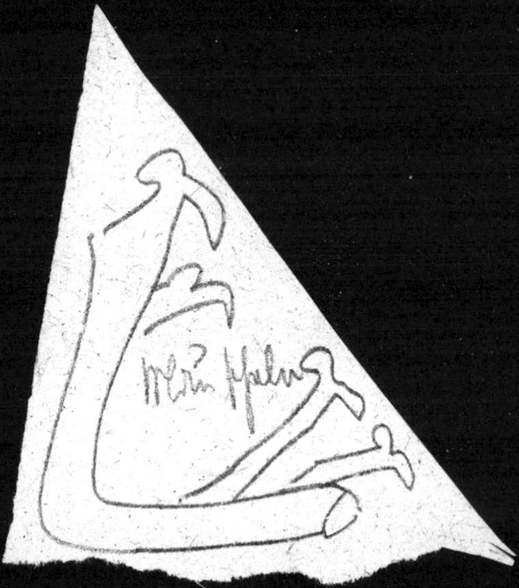

16

57

仿若秋天的小路:
才刚扫干净,
秋风一来
又被枯叶覆盖。

58

哀悼之年,行将就木。
小鸟之翼,软弱无力。
清冷夜晚,接二连三。
明月高悬,无所遁形。
杏树橄榄,早已熟透。

59

快跑啊，小马驹，
你带我进入沙漠，
所有城镇都沉没
村庄和可爱河流
已不知去了哪儿。
可敬的当属学校
轻浮的全是酒吧，
女孩的美丽脸颊

转眼就被那来自
东方的风暴卷走。

深井

仿佛需要好几年时间,
才能将水桶给拽出来
转眼又跌回无底深渊,
比你俯身弯腰还要快;
你甚至会有一种错觉
觉得双手还握着桶柄。
过了很久你才能听到
从深处传来的撞击声,
很可能根本就听不到。

61

有这样一些逝者游魂
除了舔舐冥河之水外,
对其他一切漠不关心,
因为这冥河之水来自
我们人间,仍然带有
我们海洋特有的咸味。

冥河之水满怀厌恶地
奔涌起来,形成逆流
将逝者们冲回了人间。
起死回生的他们感到
无比快乐,齐声唱起
感恩颂歌,并且开始
抚慰起那些持异见者。

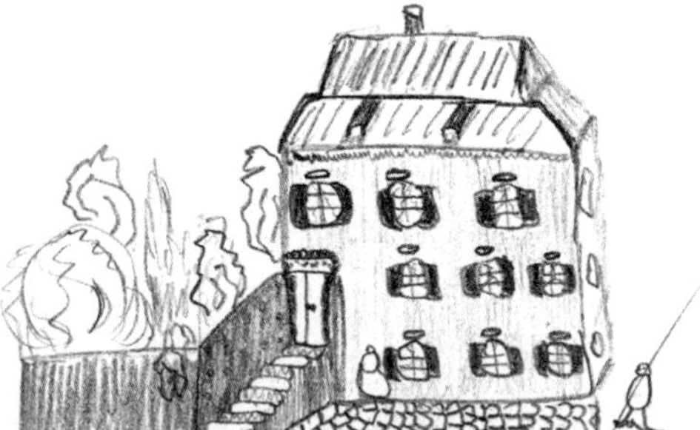

62

可怜的废弃房子!
可曾有人住过你?
谁也不愿继承你。
谁也不想探究你
一路饱经的风雨。
住在你里面会有
多冷,风吹过你
那条灰暗走廊时,
刮得是多么强劲,
没有什么能阻止。
假如有人住过你,
当年留下的痕迹
也早已变得如此
模糊,难于理解。

63

梦在树的枝杈之间
循环游走。
孩子们跳的圆舞曲。
弯下腰的父亲
低声斥责。
将柴薪压在膝盖上
一掰两断。
半昏半醒,面色惨白,
斜倚在农舍的矮墙上,
仰望苍穹,
仿佛在寻求救赎。

院子里有一汪水坑。
后面是由各种陈旧

农具组成的杂物堆。

一条小路,

沿着山坡蜿蜒爬升。

雨水断断续续没个停,

不过

有时阳光倒也明媚。

突然间

有只斗牛犬跳了出来,

抬棺人吓得纷纷退避。

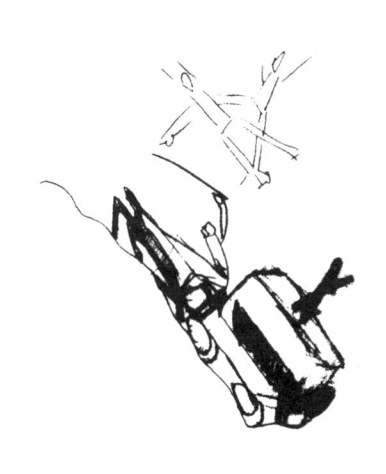

64

千变万化之物,
以千变万化之方式旋转
于我们所生活的
这一千变万化之时刻。

更何况
这一时刻目前
还尚未结束,
只管看吧!

65

来自沉船的某样东西，
唯有在水中时
才显得光鲜又美丽。
多年来都淹没在水里，
使它变得脆弱无比
最后终于解体。

66

"你永远都在
谈论死亡,
可你却没有
真正死去。"

"话虽如此
我终究会死。
我不过是在谈论
自己的终焉之曲罢了。
每个人的终焉之曲
都不尽相同。

有的绵长,
有的短促。
但其中差别
永远都只有
寥寥数语。"

67

他的心跳

只剩最后三下。

他怎么还能

继续埋头工作。

可事实上

他从来没有

真正埋头工作过

他是怎么做到的。

Part 4

只能像溺水者一样

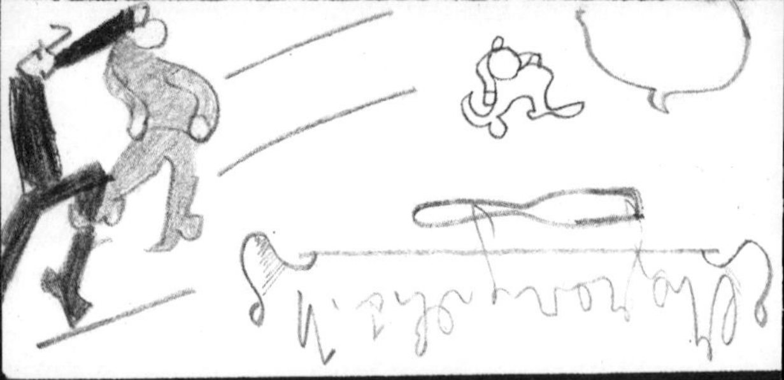

68

瓢泼大雨

直面风雨,
让闪着寒光的雨滴,
穿透你的身体,
在想要冲走你的
水中滑行。
尽管如此,
仍要毅然决然地
留驻等待,
等待仿佛无穷尽的阳光
突如其来地倾泻下来。

69

为时已晚。

悲之甜蜜
爱之甜蜜。
被她在船上
一笑带过。

最美好的事情。
一方面总是渴望死亡
一方面却坚持活下去,
这就是爱。

70

荆棘丛生
这路障古已有之。
假如你还想继续前行,
就必须放一把火。

71

信神者,
无法受神迹感召。
白天抬头,
看不见任何星星。

72

我不知道内藏何物,
我没有对应的钥匙,
我不相信一切流言,
是什么都可以接受。

73

悠悠笛声在召唤,
清澈溪流在召唤。

满怀耐心向你倾诉的,
是大树梢头的呢喃
是花园之主的低语。

自然的符文千变万化
我投身其间
试图探索当中匿藏的
文字和寓言……

74

以前的我不明白,
为什么我提出的问题
总也得不到答案;
如今的我不明白,
以前的我怎么会
觉得自己有资格
提出问题。

不过话说回来
我也从来不觉得
自己有资格提问,
我就是问了
仅此而已。

75

保持沉着冷静；
远离激情冲动
希望获取的一切；
知道潮流的走向，
却选择逆向而行；
即使想随波逐流
也要逆向而行。

76

快活的享乐者们
乘船，顺流而下。
业余渔夫
周末出行。
遥不可及的
现充生活。
彻底粉碎掉！
死水中的碎木。
浪花久久拉扯。

77

创造力。

齐步走!

这边来!

跟我聊!

好好聊!

意已决!

杀无赦!

78

依你所言

我应该继续往下走,

可我已行得很深了,

假如一切早已注定,

我倒是想

在此停留。

多么好的一处空间!

恐怕已到最深处了。

我可真想在此停留,

那么干脆待在这里

原地往下挖就好了。

79

施以最强光芒
足可熔解世界。
此后,世界在
眼睛不敢看的
人面前,逐渐
成为固体,在
更不敢看的人
面前,握紧了
拳头,在那些
仍不敢看的人
面前,显露出
羞愧,一下子
就毁灭了那些
敢于直视的人。

80

我会游泳
就跟其他人一样,
问题在于
我的记忆力比其他人更好
无法忘记
自己曾经不会游泳。
正因为我无法忘记,
会游泳也帮不了我什么,
于是,我始终不会游泳。

81

我憧憬过去,
我憧憬当下,
我憧憬未来。
怀抱着这一切
憧憬,我死在
路边某处哨兵
岗亭里,躺在
一口无比合适
的棺材里。
自从造好的
那一天起,
它就一直
隶属于

国家。
我耗尽自己
一生的时间，
只为了
摧毁它。

82

我的一生

都在跟

结束这一生

的欲望

做斗争。

83

拼搏得还不够吗?
一旦开始工作,
他就已经输了,
他很清楚这点,
于是扪心自问:
一旦停止工作
失败就无可挽回。
既然如此,开始
工作这件事本身
难道是个错误吗?
几乎不能这么说。

84

稻草秆?
有些能够坚持
在水面上划出
一条直线。
我办得到吗?
只能像溺水者
一样,挣扎着
等待救援。

Part 5

舞蹈和跳跃

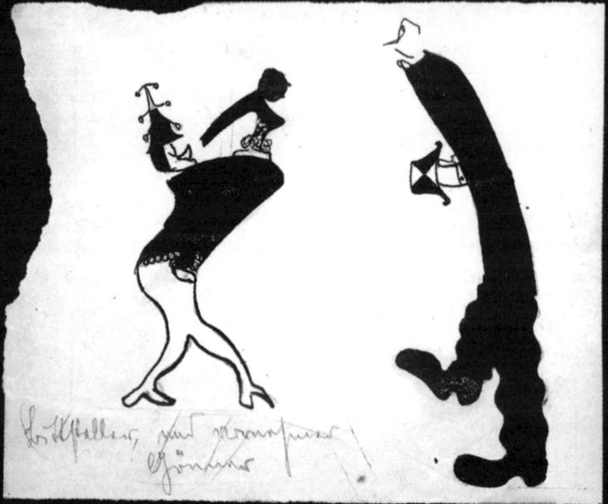

85

我在小巷里

飞奔跳跃,

跟喝醉了酒的

踉跄者一样

双脚离地

在空中踩踏。

感觉自己

身轻如燕,

随性自在地

挥舞手臂

做着游泳的动作,

不痛也不费力。

空气冷冽

我昂首阔步
毅然前行,
白衣少女的爱意
令我悲喜交集,
感觉像是远离了
这位爱人,
远离了她身边
云雾缭绕的群山。

86

愿望：成为印第安人

假使我
是个印第安人，
那我马上准备
骑上飞奔的骏马，
如同飘浮在空中一般，
在震颤不已的
大地上感受战栗。
直到我松开马刺——
然而我没有马刺；
直到我松开缰绳——
然而我没有缰绳。

当我发现眼前的
田野其实是一片
收割得干干净净
的荒地时,我的
骏马
连脑袋和脖子
都没有了。

87

我努力朝着

南方的小镇前行,

关于那座小镇

我们村子里的传闻如下:

"那里的人啊!

你们肯定不敢相信,

他们从来都不睡觉。"

"为什么不睡觉呢?"

"因为他们不会累。"

"为什么不会累呢?"

"因为他们是傻瓜。"

"傻瓜就不会累吗?"

"傻瓜怎么可能累!"

88

在远山深处

有话语声传来

慢条斯理地讲。

我们静静地听。

89

前方的你啊!
高举手里的灯
其他的人啊
安静下来,
跟在我后面!
排成一排。
不要出声。
没什么大不了的。
不必害怕。
我会担起全责。
带你们出去。

90

噢，这美妙时刻，
巧夺天工的建筑，
恣意生长的花园。
你转身走出家门，
花园小径上
幸福女神
迎面而来。

91

村镇广场

向黑夜投降。

小家伙们的智慧

动物的统治

无远弗届。

女士们——

那群母牛

趾高气扬地穿过广场。

我的宝座,

高高在上。

92

没什么不妥当!
一旦你跨过了
那道门槛,
一切问题
迎刃而解。
改天换地
无须多言。

93

你不必离开房子。
只管待在桌边
安静聆听。
甚至都不必聆听
耐心等待就好。
甚至都不必等待
保持完全静默的状态,
恪守孤独就好。
世界自会向你敞开
揭示一切,
它无法控制自己,
只能在你面前狂欢。

94

真正的道路
是顺着一条绳索的,
但这绳索并不是
高高绷起在空中,
而是直接摆在
地面上。
与其说它是用来
行走的道路,
倒不如认为
是专门拿来
绊你的障碍。

95

你拴上去的马匹越多,
事情就越简单——
倒不是说真的可以将
构件从地基上扯下来
那是不可能办到的,
但却可以将带子扯断
收获一场空欢喜,
从而彻底死心。

96

三件事:

将自己视为异类
别东张西望
保持优势

或只做两件事,
因为上述的
第三件事
已囊括了第二件事

97

我们无比讶异地
瞧着这巨大的马。
它撞开了
我们房间的天花板。
天空乌云密布
沿着它巨大的轮廓
依稀朝远方延伸,
它的鬃毛
在风中沙沙作响。

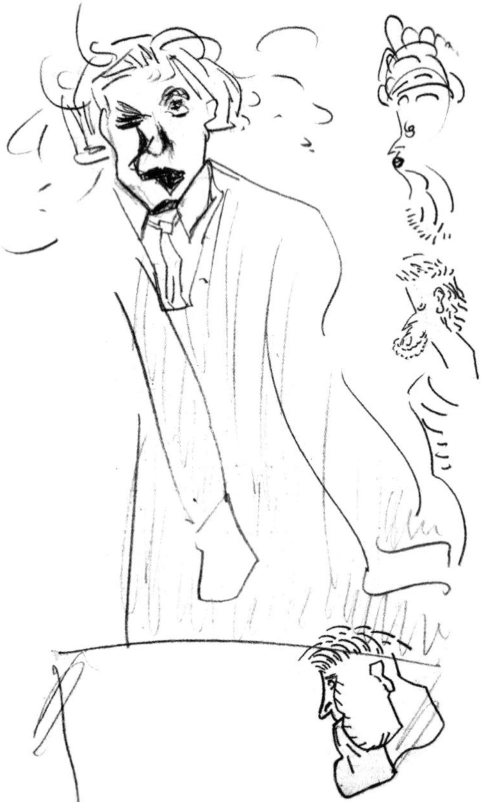

98

信念
好比断头台,
如此沉重,
如此轻盈。

99

有些日子风平浪静,
有客到,喧哗吵闹,
我们这帮人,纷纷
从自家屋子里出来
迎接他们,到处都
挂上了缤纷的旗帜。
赶着去酒窖里取酒,
某扇窗口的玫瑰花
飘落到了人行道上,
没有谁不翘首以盼
载着上百个可怜人
的航船,纷纷靠岸,
陌生面孔张张浮现。

他们先是环顾四周
然后一路向上攀爬
前往那无比明亮的
广场高处。

100

哎呀呀,瞧瞧此地
为我们准备了什么?
大树下的床和营地,
荫凉绿意,干燥的
枯叶,一点不暴晒,
湿度刚刚好的空气。
哎呀呀,瞧瞧此地
为我们准备了什么?
欲望驱使我们去哪里?
是打算获得这一切,
还是要失去这一切?
无意识地饮下灰烬
窒息了我们的父辈。

欲望驱使我们去哪里?
欲望驱使我们去哪里?
将我们赶出家门的,
恰恰也是它。

101

你这小小灵魂,
跳跃着起舞,
将脑袋埋进
温暖的空气里。
高抬你的双脚
飞离
受狂风吹刮
几乎被完全
抚平的
闪耀草地。

102

那是在夏天时候,
我们躺在草地上,
疲惫不堪的我们,
迎来了傍晚时分,
傍晚来了,你啊,
让我们躺在这儿
好吗?
静静躺着就好。

103

没什么能阻挡我
门与窗,都敞开
空荡荡的大露台。

2

104

被遗弃的灵魂啊,
你在哀叹些什么?
你为何要在属于
生者的房中徘徊?
你为何不愿离开
前往命定的远方?
偏要驻留在这里
为与你无关之物
勉力奋战?
宁愿选择屋顶上
遥不可及的活鸽,
也不稀罕手掌中
拼命挣扎求生的
半死不活小麻雀。

105

认识到
你所立足的土地
不可能
比你的双脚更大
是件幸事。

106

藏身之处不计其数,
仅有一处能够获救。
可是任意一处能够
获救的概率都一样。

107

没有"拥有",
只有"存在",
只有渴望呼出
最后一口气、
渴望窒息的
"存在"。

108

将你的斗篷,
你高高在上
的梦想,
裹在孩子身上。

109

那朵花如梦中般
挂在高高的茎上,
任暮色将其包裹。

110

梦境之主,
伟大的以萨迦,
端坐于镜前,
背部紧贴镜面,
头朝后仰,
深深陷入镜中。
随后,暮光之王
赫尔曼纳也来了,
他沉入以萨迦怀中
直至完全消失。

111

钢铁之躯完成了
命定的任务。
我越来越喜欢看护
这只特殊的动物。
棕色眼瞳中显露出
感激我的眼神。
我们合而为一
密不可分。

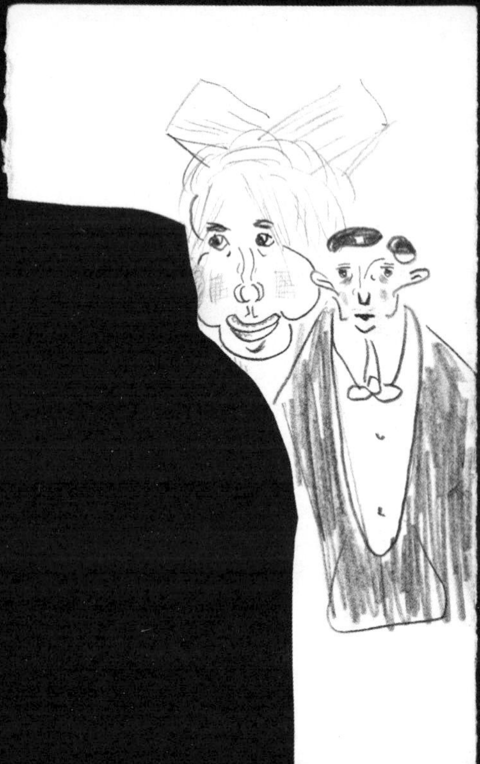

112

脑袋
坚挺有力地
架在脖子上,
环顾四周。
你坚守着
自身的位置
一言不发
用锐利的目光
搜寻他的踪迹。

你是一名
忠诚的仆人,
恪尽职守

备受尊敬。
你的尽忠对象
是未知的主人。
当你开始找他时,
你的大腿绷紧,
胸膛变得开阔,
你的脖子
微微前倾。

打老远
就能看见你,
就像镇上
教堂的尖顶。
有无数个
形单影只者
走在乡间小道上,
越过山丘与山谷,
自远方
努力向你靠拢。

113

清冽丰饶,
流泉之水。
时而汹涌,
时而宁静,
高高升起,
洒落无垠。
至福绿洲,
恶夜退却,
复见清晨,
穹隆低垂,
与汝比肩。
收拾心神,
释怀欣喜,
于是远去。

114

抬起遗体。
月光笼罩,
露台底下
全然松弛的肢体。
后方那一小撮树叶,
就跟头发一样黑。

115

恰如大家有时
甚至都不用
抬头去看那
阴云密布的天空
就能从地上景色
的色彩差异中
感受到阳光
虽然尚未
穿透云层
但阴霾却注定
即将散去一般

仅凭此例

即可得知

类似情况

遍布四处

116

你来得太晚了,
他刚刚还在这里,
每逢秋天,他都
不会在同一个地方
停留太久。
外界引诱他
前往漆黑一片
无边无际的荒原
他多少有些
寒鸦的天性。

假如你想见他,
就飞到荒原去,
他必定在那里。

117

区区一个词语。
区区一项请求。
区区一股气流。
只是为了证明,
你还活着,
尚在等待。

“摆烂青年”卡夫卡语录

最擅长的事，
是~~一蹶不振~~。

Franz Kafka

我最大的能耐
就是躺着不动。

身体好吗？
好，
脏、睡眠、消化都不好。

或许这个世界，
是另一个星球的地狱吧。

起是会使人变傻的。。。

一切障碍都能摧毁我。

我连睡前做个伸展操，
都觉得心脏隐隐作痛。

无论我今天多么想从床上爬起来，
我还是直接晕倒了。zzZ

每天早上，我站在公司走廊上，
被绝望侵袭。

Franz Kafka

不对，并非请求，
只是一次呼吸；
并非一次呼吸，
只是准备就绪；
并非准备就绪，
只是念头罢了；
并非起了念头，
只是
睡得安乐罢了。

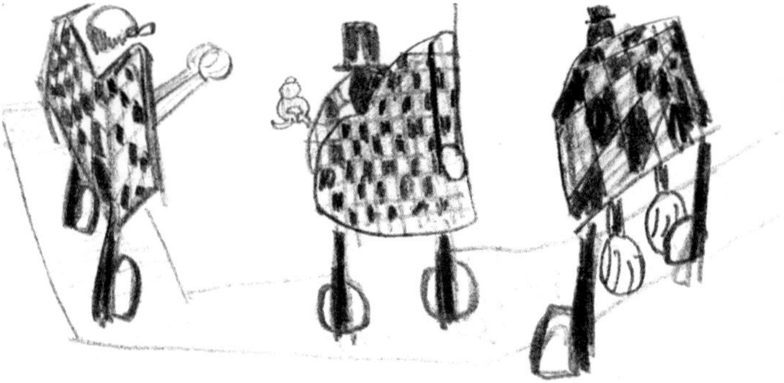

118

"你打算到哪里去,先生?"

"我不知道,"我回应道,
"远离这里,远离这里就好。
持续不断地远离这里,
是我达成目标的唯一方式。"

"也就是说,
你很清楚自己的目标?"他又问。

"对的。"我答道。
"我已经告诉过你,
'远离这里',这就是我的目标。"

Herrn Max Karl
Frag
Kupferstiche
Mariembad

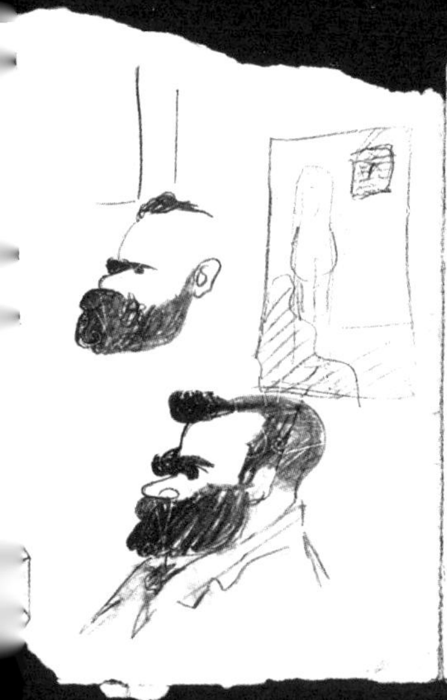

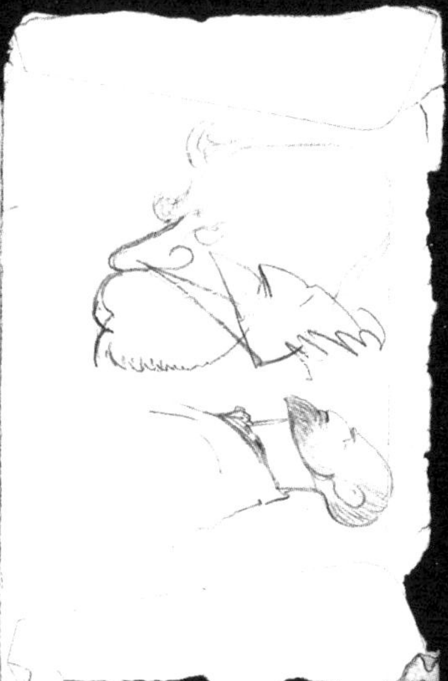

Sinne, ist von der blossen Aufforderung, Offerten zu stellen, wohl zu unterscheiden. Als blosse Einladung, Offerten zu stellen, ist anzusehen die Zusendung von Preislisten oder Lagerkatalogen Art. 337.

Der Antrag bedarf vielmehr jener Qualität, damit bei Annahme desselben durch den Oblaten die für den Vertrag erfor-

Im Zweifel wird wohl hier die Urkunde als zu Beweiszwecken gewollt und nicht als Erfordernis für die Giltigkeit des Vertrages anzusehen sein.

4.) Ist Schriftlichkeit erforderlich, so ist die F e r t i g u n g   d e r   U r k u n d e   g e b o t e n. Bei einseitig verbindlichen Verträgen genügt die Fertigung durch den Verpflichteten.

卡夫卡生平大事件年表

1883年7月3日　　弗朗茨·卡夫卡出生于布拉格。他是中产阶级犹太夫妻赫尔曼和朱莉·洛伊·卡夫卡的六个孩子中的长子。

1889年　　卡夫卡在布拉格的德语小学上学,他所有的教育都在德语学校进行。

1901年　　卡夫卡进入布拉格的德语高校查尔斯-费迪南德大学攻读化学,但在仅仅两周之后便转向了法律专业。在大学期间,他在文学俱乐部中展现出了非凡的才华,并在此结识了后来成为他终生挚友的作家马克斯·布罗德。

1906年6月18日　　卡夫卡从查尔斯-费迪南德大学获得法学学位,并在刑事法庭做了一年的无薪实习生。

1907年11月1日	卡夫卡获得了人生中的第一份工作,在布拉格的一家意大利保险公司 Assicurazioni Generali 担任文员。这份工作很无聊,夜班工作更是让他很难兼顾写作。卡夫卡十分讨厌这份工作。
1908年7月15日	卡夫卡从保险机构辞职。两周后,他入职一家处理工伤赔偿保险的政府部门。期间,他首次在 Hyperion 杂志上发表短篇小说。
1910年	在这一时期,卡夫卡深入探索了他的犹太身份与文学追求。他积极参与了一系列聚焦犹太议题的讲座和戏剧演出,并在此期间创作了大量的文章。与此同时,他也开始了小说《美国》(Amerika)的构思与创作。
1911年	卡夫卡与他的妹夫卡尔·赫尔曼在布拉格合作经营一家名为 Prager Asbestwerke Hermann and Co. 的石棉工厂。
1912年	卡夫卡在朋友马克斯·布罗德的家中遇到了一位名叫菲利斯·鲍尔的女人。两人通过邮件开始了一段浪漫的情感。在他们五年的恋

	爱中，卡夫卡给她写了 500 多封信。
1912 年 12 月	卡夫卡的第一本书——短篇小说选集《沉思》出版。
1913 年	卡夫卡出版了两部短篇小说《判决》(*The Judgment*)和《斯托克》(*The Stoker*)。
1914 年	卡夫卡写了小说《审判》(*The Trial*)，讲述了一个因未知罪行而受到迫害的男人的故事。这部作品直到他去世后才得以出版。
1914 年 4 月	卡夫卡向菲利斯·鲍尔求婚，但仅仅三个月后就解除了婚约。他们在第二年恢复恋人关系。
1915 年 12 月	卡夫卡出版了他最著名的作品——中篇小说《变形记》(*Metamorphosis*)。在这个故事中，主角一觉醒来发现自己变成了一只甲虫，成为文学史上异化和流离失所的经典类比。
1917 年 7 月	卡夫卡和菲利斯·鲍尔第二次订婚。
1917 年 8 月	卡夫卡开始咯血，这是肺结核的第一个症状，

	而这个疾病最终夺走了他的生命。他开始请假,由他的妹妹奥特拉照顾。
1917年12月	卡夫卡第二次也是最后一次解除了与菲利斯·鲍尔的婚约。
1919年	卡夫卡住在布拉格北部的一家疗养院,希望能从肺结核中恢复过来。他与一位名叫尤丽叶·沃里泽克的女人订婚,尽管这段关系后来也结束了。在他的父亲赫尔曼表示不赞成订婚后,卡夫卡写了一封信,恰如其分地命名为《给他父亲的信》,以解决父子间的矛盾。
1920年	卡夫卡的病情恶化,他搬到了意大利的一家疗养院。他继续写作,出版了短篇小说集《乡村医生》。他通过书信与一位名叫米莱娜·耶森斯卡的已婚捷克记者开始了另一段浪漫关系。
1922年	卡夫卡开始写小说《城堡》。8月,他的健康状况已经恶化到他必须搁置这本书并停止写作的地步。卡夫卡写信给他的朋友和文学执行者马克斯·布罗德,要求马克斯·布罗德

	在他死后烧掉他所有的文章,只留下一些选定的故事。
1923 年	卡夫卡去波罗的海度假,在那里他遇到了一位波兰女人朵拉·迪亚曼特。两人坠入爱河,两人关系一直持续到卡夫卡去世。
1924 年 6 月 3 日	弗朗茨·卡夫卡在布拉格的家中死于肺结核并发症,享年 41 岁。他的遗体与父母的遗体一起埋葬在布拉格的新犹太公墓的一座两米高的方尖碑下。

新
流
xinliu

产品经理 _ 时一男　特约编辑 _ 王静

装帧设计 _ 朱镜霖　特约监制 _ 林岚

营销经理 _ 郭玟杉　产品监制 _ 张其鑫　吴高林

鸣谢

弗朗茨·卡夫卡博物馆

Franz Kafka Museum

Cihelná 635/2b, 118 00 Malá Strana, Prague, Czech Republic

https://kafkamuseum.cz/en/

关注我们

流动的智慧　永恒的经典

"卡夫卡"（kafka）在捷克语中指寒鸦，卡夫卡曾自喻："我连闪光的黑羽毛都没有。我是灰色的，像灰烬。我是一只渴望在石头之间藏身的寒鸦。"

可沿虚线裁下本页,按照下页示意图折叠寒鸦。

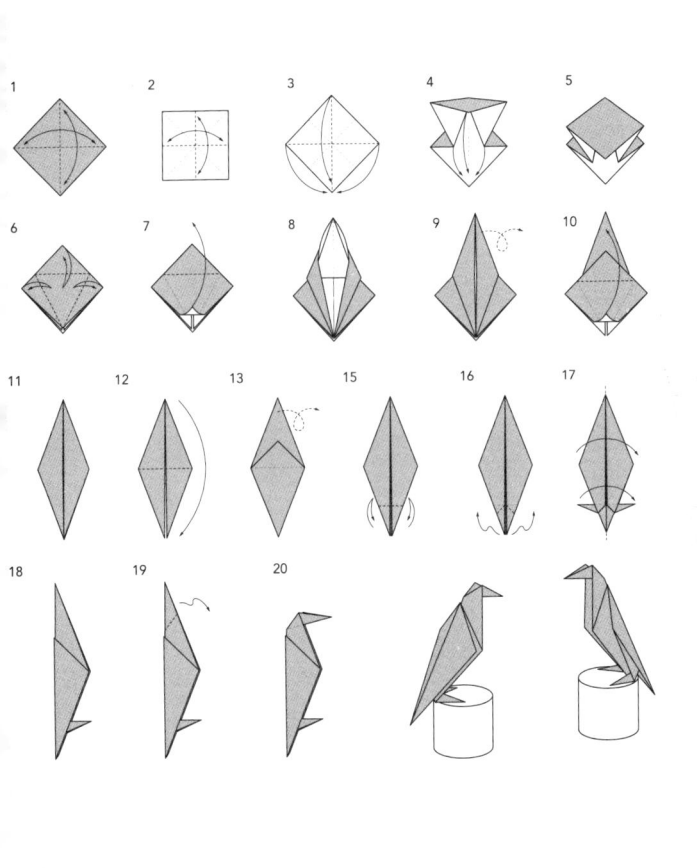

1 2 3 4 5
6 7 8 9 10
11 12 13 15 16 17
18 19 20

图书在版编目(CIP)数据

一切障碍都能摧毁我:卡夫卡的诗与画/(奥)弗朗茨·卡夫卡著;文泽尔译. -- 沈阳:万卷出版有限责任公司, 2025.1. -- ISBN 978-7-5470-6645-4

Ⅰ.I521.25

中国国家版本馆CIP数据核字第20241VM609号

出品人：王维良
出版发行：北方联合出版传媒(集团)股份有限公司
　　　　　万卷出版有限责任公司
　　　　　(地址：沈阳市和平区十一纬路29号　邮编：110003)
印刷者：凯德印刷(天津)有限公司
经销者：全国新华书店
幅面尺寸：105mm×180mm
字　　数：100千字
印　　张：5.75
出版时间：2025年1月第1版
印刷时间：2025年1月第1次印刷
责任编辑：王越
责任校对：张莹
装帧设计：朱镜霖
ISBN 978-7-5470-6645-4
定　　价：58.00元
联系电话：024-23284090
传　　真：024-23284448

常年法律顾问：王伟　版权所有　侵权必究　举报电话：024-23284090
如有印装质量问题，请与印刷厂联系。联系电话：010-88843286/64258472-800